KB264423

젖니 요정

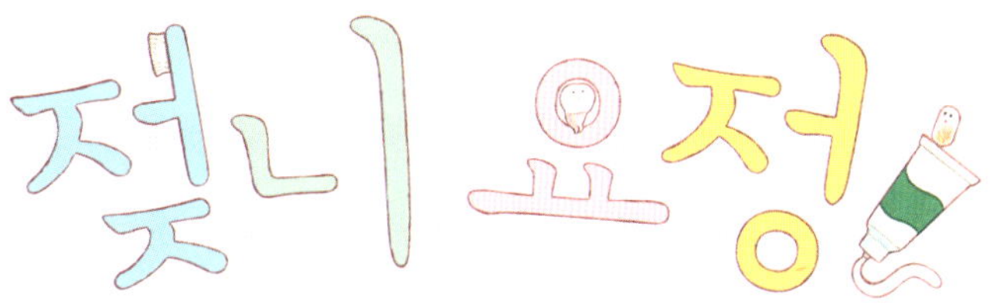

민치 글·그림

아리 집에
젖니 요정이 찾아왔어요.

젖니는 아리가
처음 만나는 이예요.

아직 아기인 아리는
뭐든지 다 입에
넣어 보고 확인해요.

아리는 침을
많이 흘려요.
어른처럼 침을
잘 삼킬 수 없으니까요.

엄마 젖과 우유만 먹던 아리에게
젖니 요정이 찾아왔어요.
이제 밥도 과자도
먹을 수 있어요.

젖니에 붙은 과자 찌꺼기가
뮤탄스를 불러왔어요.

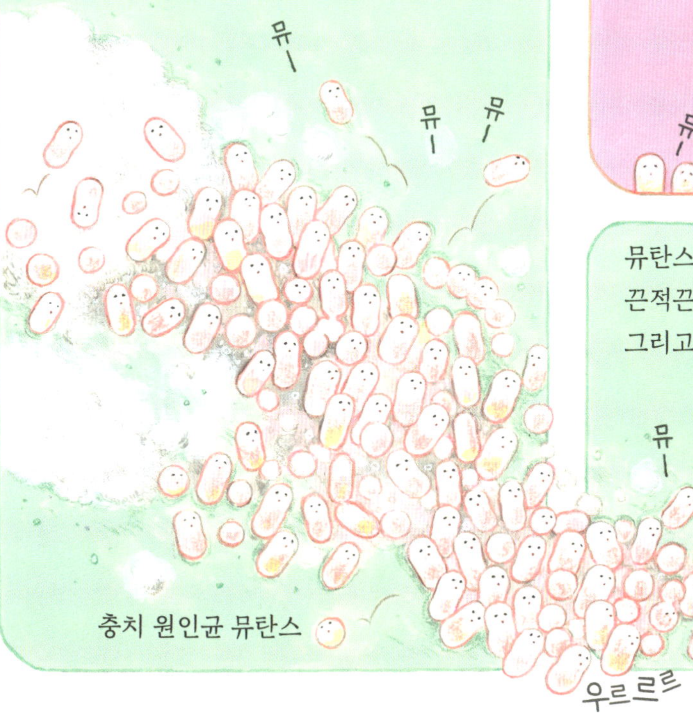

뮤탄스는 젖니에 붙어 있는
단 음식 찌꺼기를 무척
좋아한답니다.

뮤탄스는 음식 찌꺼기를 먹고
끈적끈적한 것을 만들어 젖니에 착 들러붙어요.
그리고 젖니를 녹여 구멍을 내지요.

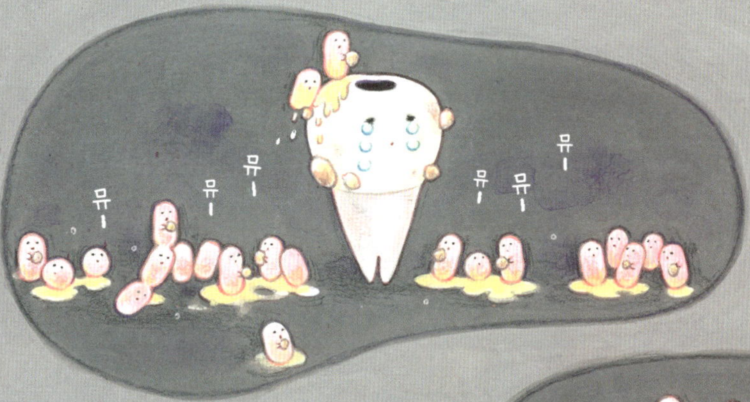

구멍이 난 이를
충치라고 해요.

충치를 그대로 두면
구멍이 자꾸자꾸 깊어져요.
그리고 아리를 콕콕
아프게 한답니다.

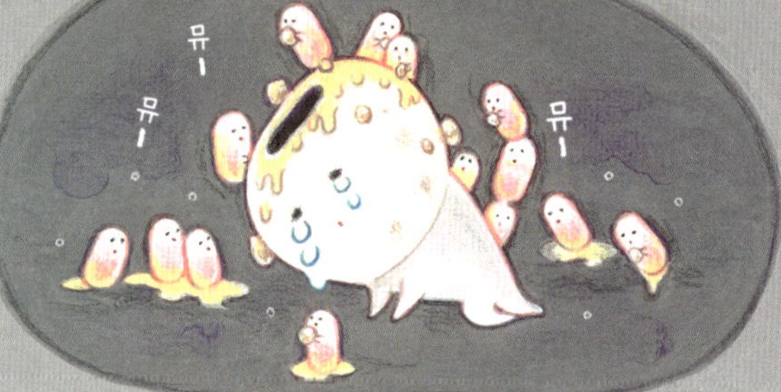

한 번 구멍이 나면
젖니는 다시는 원래 모습으로 돌아갈 수 없어요.

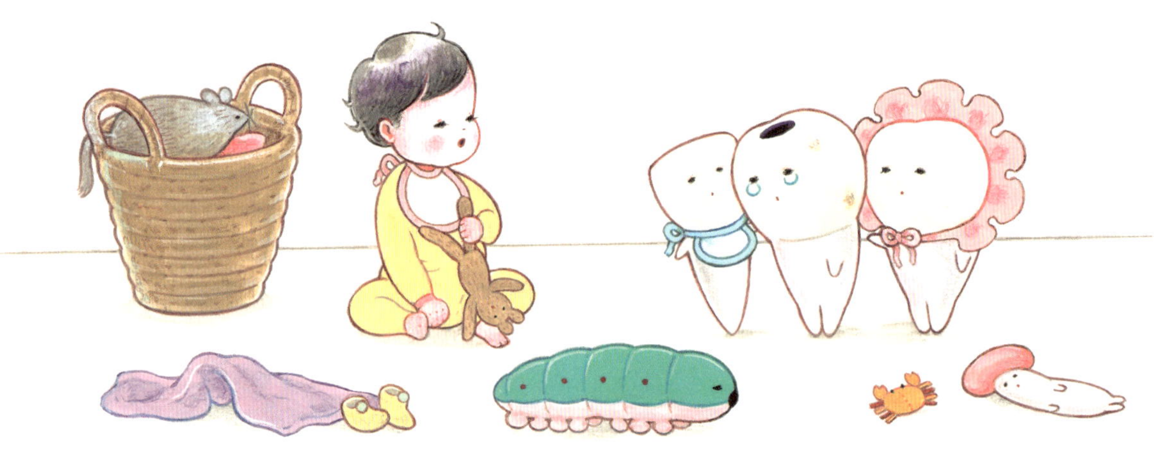

아리는 충치 때문에
아파서 맨날 울 거예요.

젖니는 연약해서
쉽게 충치가 된답니다.

그래서 칫솔로 살살 닦아 줘야 해요.
반짝반짝 빛나도록 말이에요.

칫솔

삭삭

슥슥

삭삭

"아얏,
살살해……."

음식 찌꺼기가 잘 끼는 곳

머리 쪽 오목한 곳

젖니와 젖니 사이

잇몸과 젖니 사이

젖니의 친구
잇몸

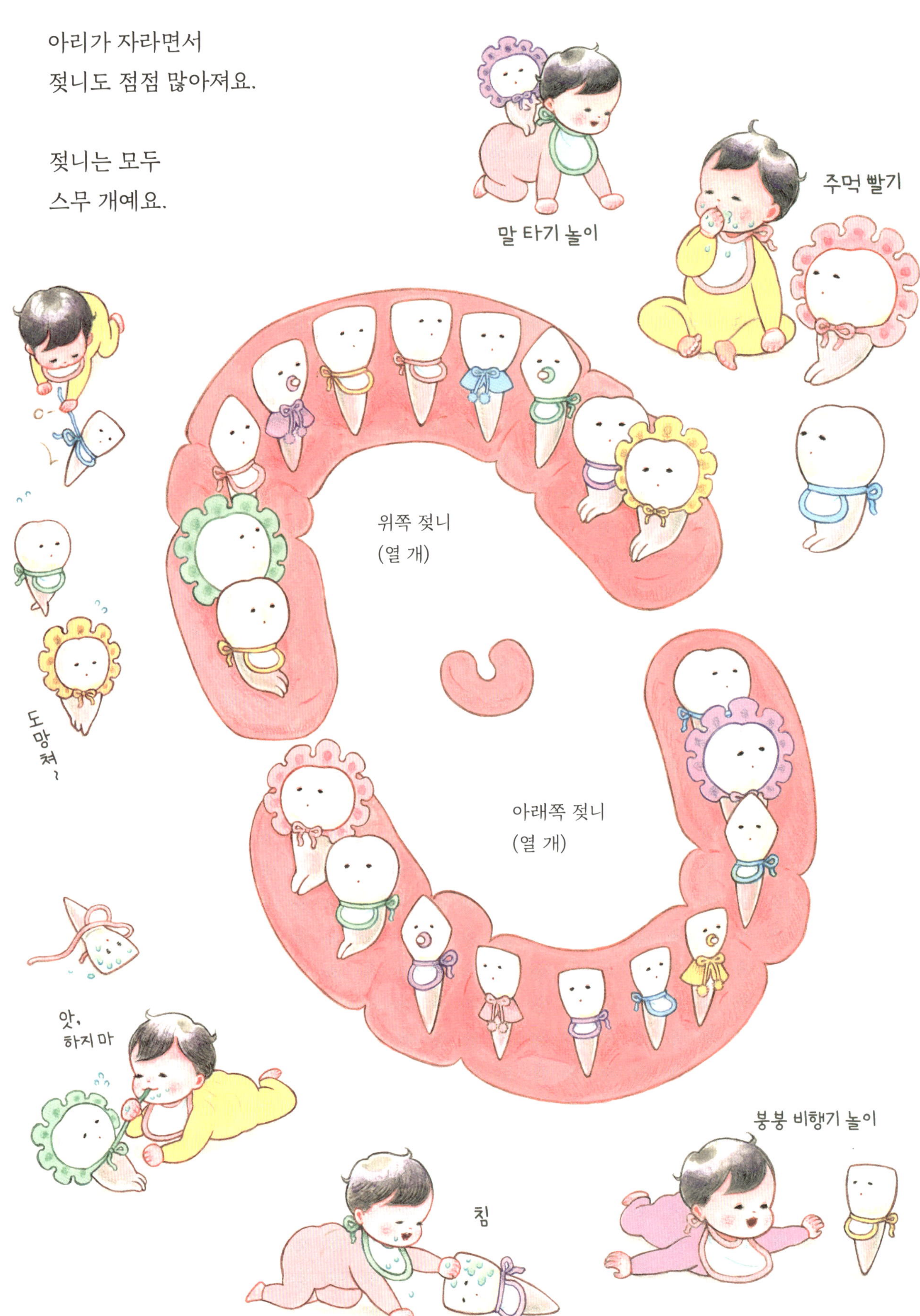
아리가 자라면서
젖니도 점점 많아져요.

젖니는 모두
스무 개예요.

말 타기 놀이
주먹 빨기
위쪽 젖니
(열 개)
아래쪽 젖니
(열 개)
도망쳐~
앗,
하지 마
침
붕붕 비행기 놀이

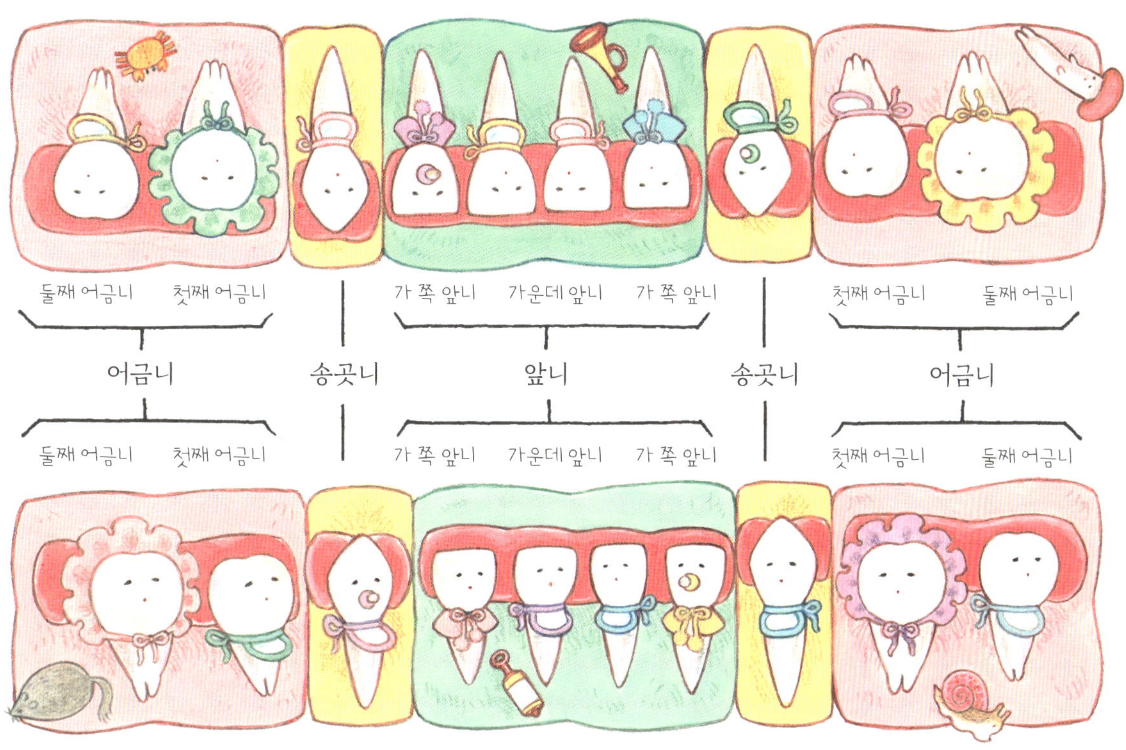

앞니

모두 여덟 개예요.
음식을 잘라요.

머리 부분이 가위나
부엌칼처럼 날카로워요.

송곳니

모두 네 개예요.
화살처럼 뾰족해서
음식물을 찢어요.

뾰족뾰족 멋져요.

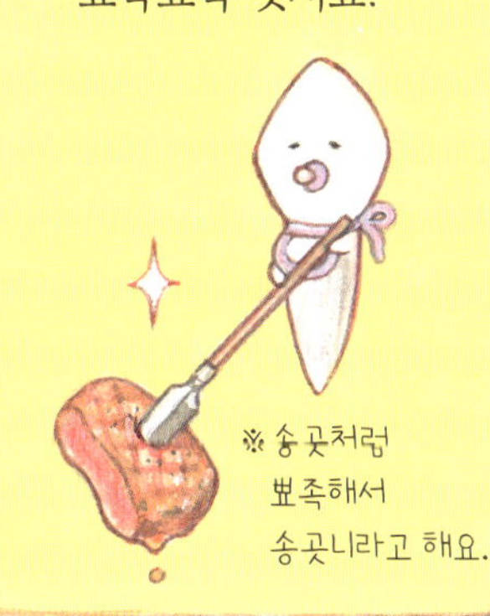

어금니

모두 여덟 개예요.
절구처럼 음식물을
으깨요.

아주 힘든 일이에요.

젖니들이 찾아오는 시기

태어난 지 6개월이 될 즈음
아래 가운데 앞니 두 개가 찾아와요.

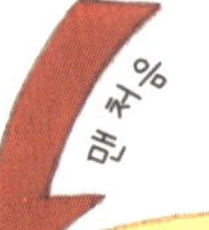

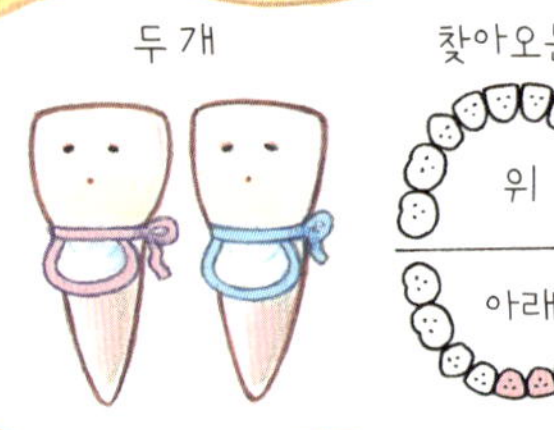

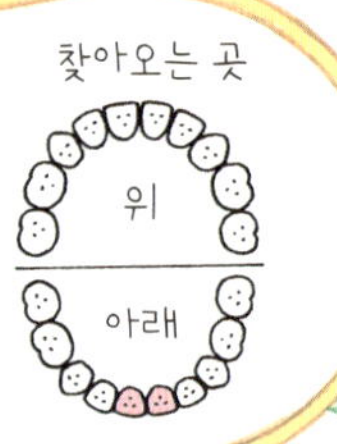

두 달 정도 뒤에는(8개월)
위 가운데 앞니들도 오지요.

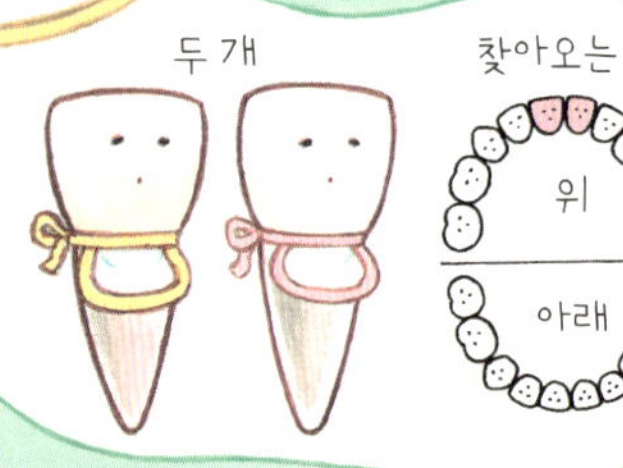

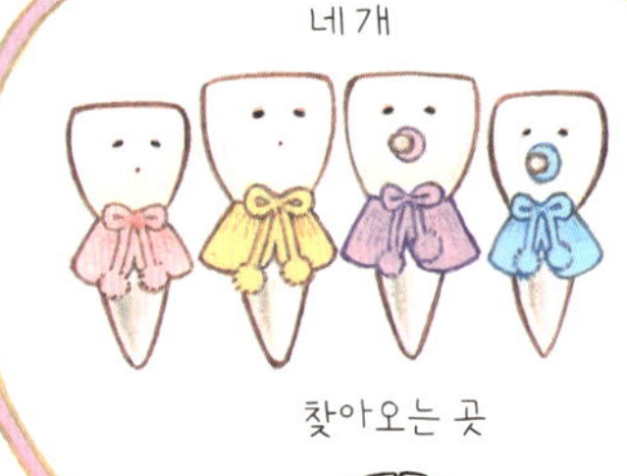

태어난 지 1년이 될 즈음에는
위아래 가 쪽 앞니들이 찾아오고,

6개월 지나면 위아래 첫째 어금니
네 개도 쑥 고개를 내밀어요.

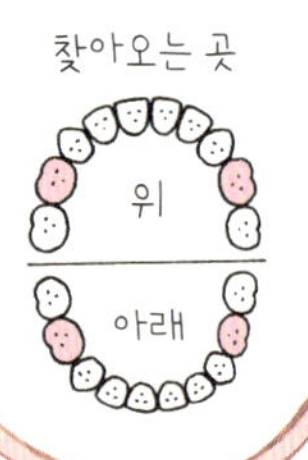

20개월이 되면
송곳니 네 개가 다 나고,

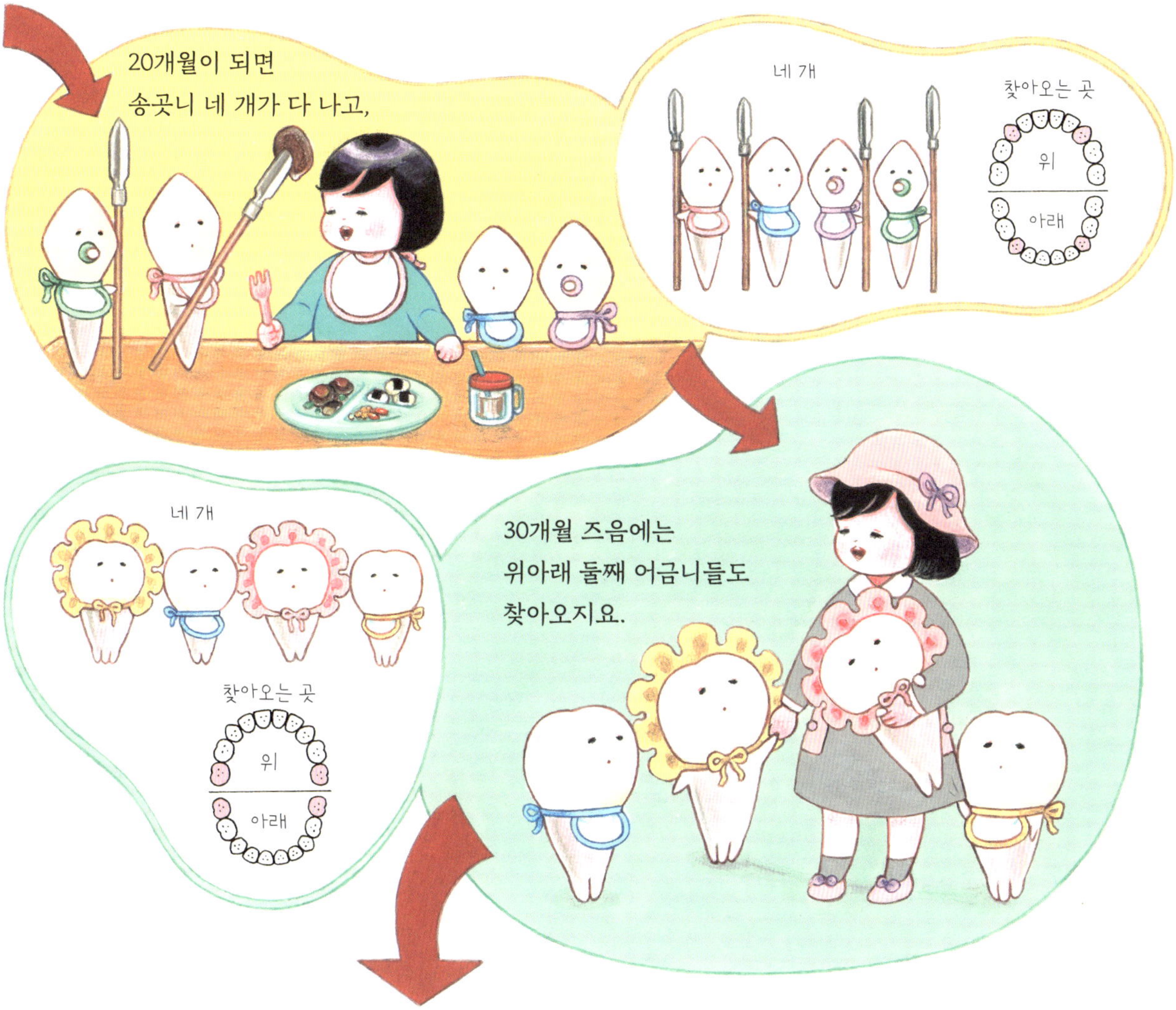

네 개

찾아오는 곳

위

아래

네 개

찾아오는 곳

위

아래

30개월 즈음에는
위아래 둘째 어금니들도
찾아오지요.

아리가 세 살 무렵이면

스무 개의 젖니 요정이
모두 곁에 와 있어요.

젖니의 비밀

젖니와 잇몸은
사이가 무척 좋아요.

잇몸은 젖니를 꽉 붙잡아 주고,
쿠션처럼 푹신하게 보호해 주지요.

잇몸은 젖니의 소중한 친구랍니다.

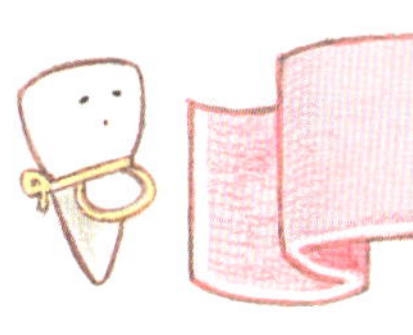

젖니의 단면도

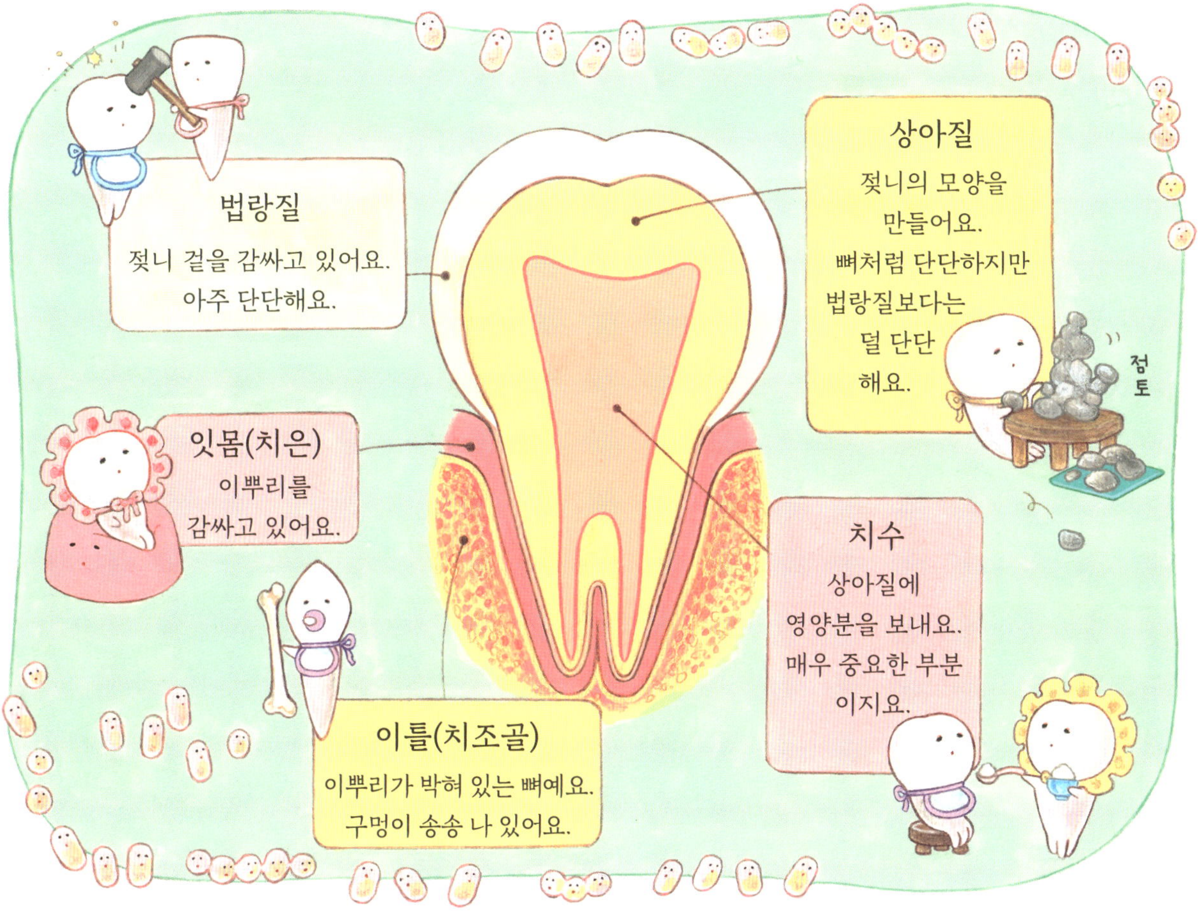

법랑질
젖니 겉을 감싸고 있어요.
아주 단단해요.

상아질
젖니의 모양을
만들어요.
뼈처럼 단단하지만
법랑질보다는
덜 단단
해요.

점토

잇몸(치은)
이뿌리를
감싸고 있어요.

치수
상아질에
영양분을 보내요.
매우 중요한 부분
이지요.

이틀(치조골)
이뿌리가 박혀 있는 뼈예요.
구멍이 송송 나 있어요.

젖니의 다리는 몇 개일까요?

젖니들은 저마다 다리의 개수가 달라요.

앞니

한 개

아래 어금니

두 개

송곳니

한 개

위 어금니

세 개

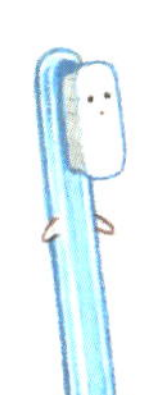
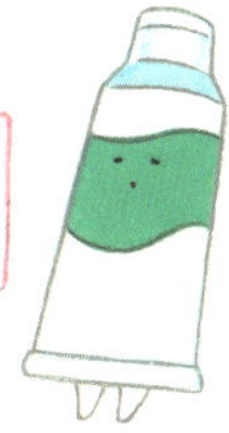

젖니를 지켜 주는 친구들

칫솔과 치약은
서로 도와
젖니를 깨끗이
닦아 줘요.

칫솔이 들어가지 않는
젖니들 사이는 치실로 슥슥 삭삭
청소하지요.

젖니를 꼼꼼히 닦지 않으면
충치가 된답니다.

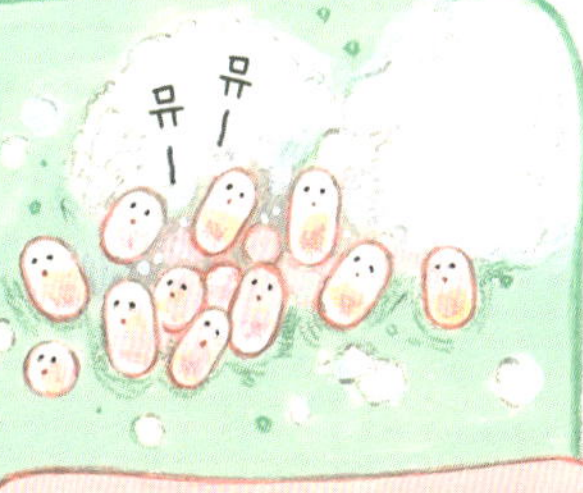

충치에 난 구멍은 저절로 없어지지 않아요.
치과에 가서 구멍을 막아야 해요.

젖니와 아리가 좋아하는 음식 친구들
잎새버섯
목이버섯
만가닥버섯
표고버섯
우유
치즈
요구르트
아몬드
오도독
오도독
깨
키위
감
딸기
귤

유부
두부
청국장
언두부
순무 잎
무 잎
미역
톳
김
톳
꽁치
정어리

젖니의 헤어쇼

큐피 인형 머리
마요네즈
녹는 치즈
아프로 머리
솜사탕
딱 붙는 머리
빨강 머리
멋진 모자
달걀 프라이
헤어롤
마카로니
빵
리젠트
스파게티
노랑 머리
케찹
라면
파마 머리
레게 머리
우동
곱슬 머리
쌀
땋은 머리
초콜릿 크림
생크림
만두 머리

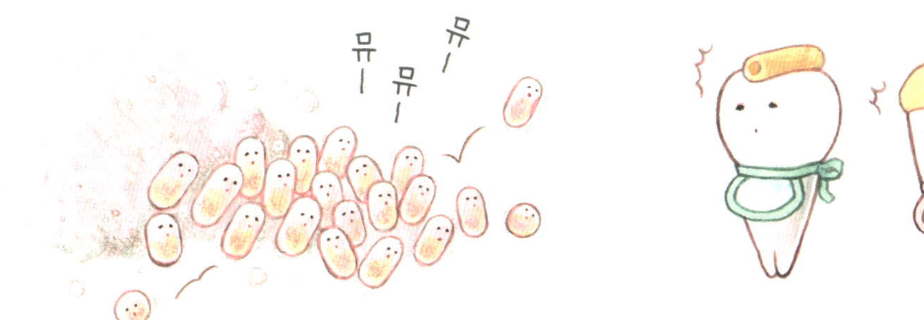

헤어쇼 후에는 잊지 말고 양치하기

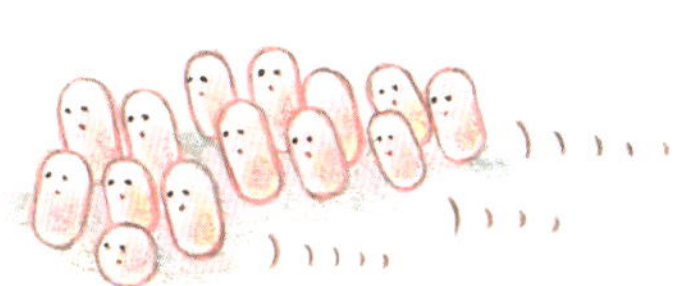

초등학교에 들어갈 때쯤,
아리는 젖니들과 헤어져야 해요.

할 일을 다 마친 젖니들은
하나둘 아리 곁을
떠나갑니다.

젖니야, 잘 가.

젖니 요정이 떠난 뒤……

아리에게
새 친구들이 찾아왔어요.

"앞으로 잘 부탁해."

글·그림_민치

1971년 일본 교토에서 태어나 화가, 일러스트레이터로 활동하고 있습니다. 아크릴 과슈를 사용한 환상적인 작품을 국내외에서 전시하고 있습니다. 챠토몬치의 네 번째 앨범 〈YOU MORE〉의 재킷 일러스트를 작업했으며, 2016년 프랑스 영화감독 오드 단세와 함께 3D 단편 애니메이션 〈미시마사이코(Mishimasaiko)〉를 공동 제작했습니다. 이 작품은 안시 국제 애니메이션 영화제 등 다양한 영화제에서 상영되었으며, 몇몇 영화제에서 수상했습니다. 그림책 작품으로 《내 맘대로 두 살》이 있습니다.

옮김_고향옥

동덕여자대학교와 동 대학원에서 일본 문학을 전공하고, 일본 나고야대학교에서 일본어와 일본 문화를 공부했습니다. 지금은 좋은 일본책을 우리말로 옮기는 일에 힘쓰고 있습니다. 옮긴 책으로는 《우리들의 7일 전쟁》, 《하모니 브러더스》, 《컬러풀》, 《있으려나 서점》, 《아빠가 되었습니다만.》, 〈수학가게〉 시리즈(전3권) 등이 있습니다. 《러브레터야, 부탁해》로 2016년 국제아동청소년도서협의회(IBBY) 어너리스트 번역 부문에 선정되었습니다.

NYUSHICHAN

Copyright © 2018 by minchi
First published in Japan in 2018 by Iwasaki Publishing Co., Ltd.,
Korean translation rights arranged with Iwasaki Publishing Co., Ltd.,
through JM Contents Agency Co.
Korean translation copyright © 2020 by Dahli Children's Books.

이 책의 한국어판 저작권은 JMCA를 통해 Iwasaki Publishing과 독점 계약한 (주)도서출판 달리에 있습니다.
저작권법에 의해 한국 내에서 보호를 받는 저작물이므로 무단 전재와 복제를 금합니다.

젖니 요정

민치 지음 | 고향옥 옮김

1판 1쇄 펴냄 2020년 4월 20일 | 1판 2쇄 펴냄 2024년 11월 29일
편집 정재은 | 디자인 심홍섭
펴낸이 박소연 | 펴낸곳 (주)도서출판 달리 | 등록 2002. 6. 4. (제10-2398호)
04008 서울시 마포구 희우정로 16길, 17-5 | 전화 02) 333-3702 | 팩스 02) 333-3703
ISBN 978-89-5998-395-7 77830